Die Vermeidung von Rückschlägen

Werner Schneyder

Die Vermeidung von Rückschlägen

Aphorismen
Epigramme
Gedichte

Europaverlag

Umschlag von Georg Schmid
Das Umschlagfoto stammt von Felicitas Timpe, München

Printed in Austria
Gesetzt im Filmsatzzentrum Deutsch-Wagram
Druck Elbemühl Wien
ISBN 3-203-50579-7

Inhalt

Vorwort über zwei lustige Matrosen

Der Spitzenturner einer Olympiariege, ein mit Ernst und Einsatz um – wie die Zeitung treffend formuliert – die Aufhebung der physikalischen Gesetze bemühter Mann, dessen Leistungen so sehr der Erdenschwere hohnzusprechen scheinen, dass die grundsätzlichen Gegner der Bodenhaftung in ihm ihren Mann sehen, dieser Olympiaturner besucht einen Circus und sieht dort einer Parterreakrobatengruppe – zum Beispiel ZWEI LUSTIGEN MATROSEN – zu. Er lächelt müde, spöttisch, abtuend. Denn es steht objektiv ausser Frage, dass der Turner doppelt so viele und wesentlich höhere Salti in der halben Zeit springt als jeder der beiden Artisten (deren einem wir übrigens nach der Pause mit Jonglagen zu Pferd wiederbegegnen werden).
An dieser Stelle trockenen Vergleichens der athletischen Sachverhalte wird gerne übersehen, dass der Circus, in dem die ZWEI LUSTIGEN MATROSEN arbeiten, zweimal täglich und nicht ohne Erfolg Eintrittskarten feilbietet, dass die Nummer der ZWEI LUSTIGEN MATROSEN herzlich beklatscht wird und dass es sich für niemanden, der noch in derselben Fernsehnacht eine Reportage vom Leistungsturnen betrachtet, um eine *vergleichbare* Darbietung handelt.
Diese Beobachtungen zwingen zur Überlegung, was denn die Darbietung der ZWEI LUSTIGEN MATROSEN unantastbar macht – (den elitären Standpunkt der Ranglistenturner einmal ausgeklammert).
Die ZWEI LUSTIGEN MATROSEN treten in einem Raum auf – Zelt mit Manege –, der eine

bestimmte Bereitschaft zu hoher Aufmerksamkeit schon durch seine Aussenansicht, schon durch seine Plakatständer, schon durch seinen Namen erzwingt. Ob diese erhöhte Bereitschaft zur Aufmerksamkeit nichts als eine abgelebte Konvention ist, oder eine ursprüngliche, natürliche Gegebenheit wie etwa die Handbewegung beim Schreiben, das zu entscheiden ist eine Frage des Standortes und der damit verbundenen perspektivischen Täuschung.

Der Auftritt der ZWEI LUSTIGEN MATROSEN wird in konsequenter Fortsetzung der Idee mit Zelt und Manege von Musik eingeleitet und entsprechend beleuchtet. Der erhöhten Bereitschaft zur Aufmerksamkeit wird ein Doppelpunkt suggeriert. Und schon sind sie da, die ZWEI LUSTIGEN MATROSEN, in einem Kostüm, das mit der Uniform echter Matrosen tatsächlich einiges gemeinsam hat. Allerdings tun und sagen die beiden Artisten vom Start weg nichts, was mit dem Matrosenberuf auch nur irgend etwas zu tun hätte. So entsteht zwischen dem Exterieur der Nummer und dem Gehalt der Nummer eine starke Spannung, eine Spannung, die für das Publikum die Leistung erhöhen wird, und zwar in einem durchaus gültigen Sinn erhöhen wird, denn eine optische Täuschung ist ein wissenschaftliches Phänomen und kein Charakterfehler.

Die ZWEI LUSTIGEN MATROSEN führen dem Publikum nun eine Art von Bodenturnen vor, vom Standpunkt des Olympiers eine viertrangige Abfolge, eine nachlässige Produktion, wie seit eh und je gehabt, ohne Höhen an turnerischem Gehalt.

Dieses Urteil hätte, wenn überhaupt, nur seinen Sinn, wenn es sich jeweils ausdrücklich auf einen der beiden ZWEI LUSTIGEN MATROSEN

bezöge, die – jeder für sich – sicherlich manche athletische Grenze kaschieren müssen. Nur – die Nummer heisst ZWEI LUSTIGE MATROSEN, die Artisten arbeiten partnerbezogen, ihre exakt ausgeklügelte Mitarbeit hat etwas zutiefst Menschliches und wie alles Menschliche etwas Faszinierendes, wenn es sich ausstellt.
Doch damit ist die Wirkung der ZWEI LUSTIGEN MATROSEN noch nicht hinreichend erklärt. Es muss noch davon gesprochen werden, dass diese ZWEI MATROSEN LUSTIG sind. Der Olympiaturner wird zu Recht einwenden, dass es lustigere Dinge gibt, selbst innerhalb des Circus. Aber auch hier begreift er wiederum nicht das Gesetz von der Spannung zwischen Tätigkeit und Haltung. Der Clown, einen seltenen Glücksfall vorausgesetzt, ist lustiger als die ZWEI LUSTIGEN MATROSEN. Aber, was wird denn von ihm erwartet? Er ist Clown. Er hat den Voraussetzungen seines Auftrittes zu entsprechen.
Von den ZWEI LUSTIGEN MATROSEN hatte das Publikum zwar durch die Annonce erfahren, dass sie lustiger Wesensart sind, aber sie entpuppen sich ja, wenn wir den Matrosenanzug einmal beiseite lassen, als Turner. Und sie turnen. Und zwar lustig. Und wer turnt denn schon lustig? Die Olympier turnen grandios, atemberaubend, umwerfend, aber lustig wird es bestenfalls, wenn dann die Preisrichter Noten aufzeigen.
Die ZWEI LUSTIGEN MATROSEN bieten also noch ein Spannungsfeld: das zwischen dem Turnen und dem Lustigsein. Und sie bieten gleich noch ein Spannungsfeld, das zwischen dem dargestellten Mißlingen durch die Sabotage des Partners und dem Gelingen nach Klärung der Missverständnisse in einer überraschenden,

in der Phase der Unfähigkeit gar nicht angestrebten Figur.
So wird der Spielleiter die beiden Herren nach dem ersten Kompliment, wie man die Dankesverbeugung im Circus nennt, noch zu einem zweiten Kompliment auffordern können. Die Nummer mit den ZWEI LUSTIGEN MATROSEN ist zu Ende, kam an.
Der Autor aber kommt ins Grübeln. Der Turner der Olympiariege ist doch ein kluger Mensch. Warum begrenzt er sich so in seinen Betrachtungsweisen. Ideologisiert er gar seinen Sport?
Da der Autor an dieser Stelle nicht so recht weiterkommt, weil er wohl nicht genug vom olympischen Turnen weiss, versucht er in Überlegungen seines Berufes auszuweichen.
Er schreibt. Er schreibt in zahlreichen Nummern, von der Voraussetzung ausgehend, dass sein Circus besucht werden muss, soll er nicht zur sentimentalen Ruine, zum subventionierten Reservat degenerieren. Seine Nummern reichen von Darbietungen hinter Gittern bis zu freischwebenden Attraktionen. Er hat den kommerziellen Bluff so anzubieten wie das verbissene Postulat.
Wenn nun einer sagt, der ernste Mittelteil in diesem Programm wäre Alibi, Mißbrauch – dem Manne kann geraten werden, den Circus nicht zu besuchen. Niemand wird gezwungen, zu glauben, dass die einen Programmteile dazu da sind, die anderen zu erhalten. So eine Streitfrage ist objektiv *nie* zu entscheiden. Sie bedingt jeweils nur den privaten Entschluss des Mitmenschen, ob er diesen Circus auf Grund von Affinität mag oder nicht.
Die Tatsache, dass höchst verschiedenartige Nummern innerhalb eines Programmes ablaufen, ist keine mutwillige Manipulation, sondern

entspringt dem Glauben an die Gemeinsamkeiten der Artistik. Die Betrachtung der ZWEI LUSTIGEN MATROSEN diente ja nicht dazu, um zu beweisen, dass ihnen Unrecht geschieht, wenn man sie mit olympischem Massband prüft.
Die Betrachtung der ZWEI LUSTIGEN MATROSEN diente der Feststellung, dass die beiden Artisten ihre Nummer an den Mann bringen, womit sie vom circensischen Gesetz her stimmt.
Die Betrachtung der ZWEI LUSTIGEN MATROSEN diente der Klarstellung des circensischen Gesetzes.
Denn hier beginnt die Faszination für den engagierten Autor, der in dem Mass engagiert ist, wie jeder Mensch, der ausser dem ästhetischen noch einen zweiten Sinn oder gar mehrere Sinne sein eigen nennt.
Der Autor sagt sich z. B.: ich habe ein Material, eine unbequeme Wahrheit. Diese unbequeme Wahrheit ist kein so von sich aus (im Sinne von Übertragung und Weitergabe) funktionierendes Material wie etwa eine bequeme Wahrheit. Sie ist auch kein Material, wo es nicht darauf ankommt, ob es funktioniert: etwa Kunst. Die Schwierigkeit, diese unbequeme Wahrheit zu vermitteln, an den Mann zu bringen, ist nur vergleichbar der Schwierigkeit der Gebrüder Klunz aus Dinkelsbühl, mittels ihrer turnerischen Leistung erstens zu einem Broterwerb also zu einem Engagement zu kommen und sich zweitens dort auch zu behaupten. Dieses „Sich-behaupten-Wollen" – gerne verdächtig gemacht von Überangepassten – ist auch für die Nummer mit der unbequemen Wahrheit wichtig, denn eine Wahrheit findet eben nur statt, wenn sie stattfindet. So also betrachtet der Autor aufmerksam, wie und mittels welcher Techniken

sich die beiden – mit Apoll verglichen – unattraktiven Turner Klunz aus Dinkelsbühl in die ZWEI LUSTIGEN MATROSEN verwandeln.
So lernt er das Geheimnis vom Ort der Darbietung, das Geheimnis des Entrees, der Maske, des Kontrastes und weit mehr. So lässt er es in der Folge nicht bei den ZWEI LUSTIGEN MATROSEN bewenden, so hofft er, in diesem Circus noch mehr zu erfahren. Und er erfährt den Trick mit dem gedämpften Trommelwirbel, er erfährt die Wirkungen verzögerten Gelingens, er erfährt die Methodik der Pose, er erfährt die Kraft der Präzision, er erfährt die Möglichkeiten der Betonung oder des Wegspielens von Gefahren, er erfährt die Grenze, an der Perversionen langweilig werden und die Wirkung verlieren, er erfährt den Moment des Lächerlichwerdens der Attitüde, wenn sie in der Dimension mit dem Gehalt der Darbietung nicht übereinstimmt, er erfährt das ewige Arsenal der Techniken gesteigerten Darstellens von Sachverhalten.
Er begreift, dass ein politischer Sachverhalt derselben artistischen Ausarbeitung bedarf wie das Gleiten von fliegendem Reck zu fliegendem Reck, wenn dieser Sachverhalt als *Darbietung, ausserhalb der reinen Information,* Wirkung erzielen soll.
So liebt der Autor den Circus. (Das Kind übergab dem Erwachsenen eine Liebe – unter geänderten Voraussetzungen, aber auf gleicher psychologischer Grundlage.) Nur dieser Liebe wegen benützt der Autor im Gespräch mit dem Olympioniken noch andere Beobachtungen, die er an dem Gegenstand Circus gemacht hat. Etwa, dass der Circus Idealvorstellungen der Pop-Kunst seit Urzeiten verwirklicht, dass kein perfekteres Mobile denkbar ist als sechs jonglierte Ringe, in deren Flugbahn der Partner des

Jongleurs hineingreift und das Spiel übernimmt, ohne dass sich am Reifenflug etwas ändert, etwa, dass der Circus als sozialer Raum, als eigenwillige Mixtur von Hierarchie und Kollegialität Beobachtung verdient, – das alles und mehr wirft der Autor ins Gespräch, wenngleich er es persönlich gerne bei den ZWEI LUSTIGEN MATROSEN bewenden liesse.
Doch wenn ein Olympier dieses Zeltgeschäft für tot oder sinnlos erklärt, findet der Autor dort so viele Fakten darstellender Existenz, dass er dem Circus in überblickbaren Zeiträumen nicht mehr Veränderung zutraut als den Kleidermoden, denen auch der Olympier entspricht, wenn er nicht gerade das olympische Trikot leistungsturnend trägt.
Sollte es nicht so sein, dass sich die immer neuen Darsteller auf die immer neuen Materialien zu konzentrieren haben, denen sie sich gegenübersehen? Wird es dann nicht so sein, dass die Begegnung der neuen Darsteller neuer Materialien mit den alten Techniken selbsttätig zu neuen Bindungen, zu neuen Formen, zu neuen Präsentationen führt? Wer nur die Berechtigung dieser Fragestellung anerkennt, wird dem Autor beistimmen: das Verachten der ZWEI LUSTIGEN MATROSEN, die ihren Kollegen Ur-Methoden vererben wie die Sprechlehrer das Öffnen des Mundes, das wäre olympischer Hochmut.
Wahrscheinlich sollten sich Olympiaturner, die Könner aus der Spitzenathletik, über die ZWEI LUSTIGEN MATROSEN nie äussern. Die Olympier müssen nichts ausstellen als ihre Schwünge und Sprünge. Ihr Material bedarf des Circus nicht.

Da die Menschen immer dasselbe reden, beginnen manche zu schweigen. Von dem Tag an schweigen sie immer dasselbe.

Rückschläge
vermeidet man am besten
indem man zuerst trifft
und zwar so hart
dass nichts mehr steht
dieses Wunschdenken aber
ist unwahr
wahr ist vielmehr
dass der Getroffene
jetzt guten Grund hat
zurückzuschlagen
möglichst entscheidend
und jetzt kann man
sich ducken
pendeln, oder
sich aus der Distanz begeben
um gleich herauszukommen
aus der Deckung
(falls die Vermeidung
gelang, widrigenfalls
sich alles erübrigt)

Wenn mir einer sagt: »Sie kämpfen auf verlorenem Posten«, dann frage ich: »Verloren an wen? An einen besseren?«

Der verlorene Posten, das ist die Nostalgie des Deserteurs.

Wenn einer behauptet, er hätte sich von einem anderen distanziert, dann muss man erkunden, ob nicht durch dessen Arschtritt.

Man soll mit beiden Beinen auf der Erde stehen. Aber nicht auf jeder.

Wenn man das Leben wörtlich nimmt, werden die Worte lebendig.

Religiös wäre einer, der versucht, das Nachleben nach dem Tod vor dem Tod vorzuleben.

Ohne Theorie ist ein Mann Leihgerät.

Rede, wenn du gefragt wirst! Von dir.

Jeder ehre vor der eigenen Tür.

Der Moralist schlägt zu, und die anderen erhalten den Zuschlag.

Mangel an Selbstkritik ruft die Fremdarbeiter.

Als alle gleichzeitig ein Kreuz an der Kette zu tragen begannen, fragte ich mich, ob es damit nicht einen Haken habe.

Ich beantrage ein Überparteibuch.

Als der Engagierte
irgendwo rausflog
erklärte er grinsend:
Es ist Engagement
zwar eine schwere Belastung
doch andererseits auch
ein leichtes Gepäck

Wer etwas weiss
was er auch sagen will
der stellt sich auf
auf öffentlichen Plätzen
wo man ihn halt lässt
und ihm was dafür gibt
und teilt sich mit
so klangvoll oder heiser
so klar oder vertrackt
wie er es will und kann
und liefert er die Gründe
ihn eilig zu verjagen
dann soll er sich verbeugen
so elegant und tief
dass ihn die Beschauer
noch befragen wollen
warum er sich verbeugte
so gehen sie ihm nach
zu seinem neuen Platz
und hören seiner Sache
zweiten Teil

Sie haben mich nie
so gut behandelt
dass ich Ihr Mann sein muss
Sie haben mich nie
so schlecht behandelt
dass ich Ihr Mann
nicht werden könnte
fragen Sie mich also
warum ich Ihr Mann
noch nicht bin
dann sage ich:
ich habe zuviele verenden sehen
an Ihrer Dankbarkeit

Er schlug mit der Faust zu
wie Old Shatterhand aber
der Mittelhandknochen brach
Er legte die Waffe an
wie Old Shatterhand aber
es flimmerte vor den Augen
Er raunte ins Ohr des Pferdes
wie Old Shatterhand aber
es lief nicht schneller
Er vertraute Gott
wie Old Shatterhand aber
die Retter verspäteten sich
Er sah Winnetous Schwester
wie Old Shatterhand aber
er träumte erotisch
Er wurde durch Bücher
wie Old Shatterhand aber
keiner hat das bemerkt

Die Verfassung der Staaten ist
interessant.
Nicht so sehr, die sie haben,
weit mehr die,
in der sie sich befinden.

Proteste verlangen
Einsatz der Mittel nur
IN GEWISSEN GRENZEN
man protestiert eben
IN GEWISSEN GRENZEN
und fordert Bombardements
in gewissen Grenzen nur
IN GEWISSEN GRENZEN
so stürben Menschen nur
IN GEWISSEN GRENZEN
denn unser Wohlleben
(IN GEWISSEN GRENZEN)
beruht auf gutem Gewissen
IN GEWISSEN GRENZEN
IN GEWISSEN GRENZEN
sind die Grenzen
so grenzenlos ungewiss
dass wir Moral haben
IN GEWISSEN GRENZEN
denn auch Kranke sind
IN GEWISSEN GRENZEN
gesund

Realpolitiker sind Männer der Praxis. In der Theorie.

Der Weitblick von Politikern reicht vorzugsweise bis zum Manuskript.

Wenn mir ein Politiker etwas empfiehlt, empfehle ich mich meist unverzüglich.

Ideal der Korruption: Einer wird korrupt, um durch Korruption von der Korruption abzulenken.

»Ein Ganove dieses Kalibers wird mir ewig unsympathisch sein«, sagte dessen Leibwächter.

Kapitalismus: Wenn sich die Beraubten der Raubritterburg nähern, erschallt vom Turm der Ruf: »Vorsicht! Diebe!«

Europäische Gipfelkonferenz: Man schenkt dem Gelähmten immer wieder einen Rollstuhl.

Berliner Mauer: Wie KLEIN ist der GRENZVERKEHR in den Tod.

In Indien fressen sie Dreck
oder gar nichts
oder bitten um Inhaftierung
für die Segnung
mit einer täglichen Mahlzeit
und unweit davon
(bitte den Schulatlas
noch einmal zu bemühen)
verbombten diese Amerikaner
Nahrung für Kontinente
und dies mit der Begründung
(die dann Vollidioten
auch wirklich nachsagen)
sie hätten die Mission
einen Kontinent
vor dem Kommunismus
zu bewahren
so nämlich

Als Nixon ging
war er gerührt
und man war gerührt
und die Kamera war gerührt
und wie eben immer
bei vielen das Gefühl:
Kriegen wir so einen
überhaupt wieder?
Das ist die Mechanik
des Abschieds: man jagt
den Lebenspartner
der alles zerstört hat
wütend von sich
doch wenn er geht
wenn der wirklich geht
da schnürt das »Aus«
die Kehlen zu
und in die Augen läuft
der nasse Reflex, weil
nichts ist risikoloser
als gute Gedanken
hinter dem Rücken
der Verlorenen
(wenn sich etwas bewegt
und einige bewegt sind
dann ist das oft
ein Missverständnis)

Für einbeinige Heimkehrer
gibts immer Begrüssungsbataillone
zweibeinige
und es gilt als sicher
dass solch ein Moment
für Vieles entschädigt

In Zeitungen steht
immer wieder
im Nahen Osten
rüsten sie zum Krieg!
Und was jetzt?
Haben Friedensmächte
die mächtig sind
denn keine Macht
den Unfriedensmächten
die nicht mächtig sind
zu drohen?
Wer glaubt Friedensstiftern
die nicht über der Zeitung
sondern erst nach Schüssen
zu Tode erschrecken?
Ist der Mindestumsatz
an Menschen & Material
wirklich obligat
vor dem Engagement
der Galgenvögel mit der
Mistel im Maul?

Krieg
das ist moderne Wirtschaft
lange vorweggenommen
lange
vor der Einwegflasche
gab es den Einwegflieger
lange
vor dem Dosenmüll
gab es den Panzermüll
lange
vor den PVZ-Halden
gab es die Tank-Ruinen
lange schon
wird alles Hergestellte
in einem Krieg verschlissen
lange schon
gibts keinen Auftragsnotstand
in der Mörderindustrie
(und lange schon
gibts keine Schwerter mehr
die sind nämlich
weiterzuverwenden)

Zum Tod Allendes
sagten die Kenner:
Man kann doch nicht einfach
Konzerne enteignen!
(Und wir begreifen:
Dafür muss man sterben)
Man kann doch nicht dort
dieses System versuchen!
(Und wir begreifen:
Dafür muss man sterben)
Man kann nicht erwarten
dass Amerika zusieht!
(Und wir begreifen:
Dafür muss man sterben)
Man kann Demokratie
nicht gegen Militärs machen!
(Und wir begreifen:
Dafür muss man sterben)
Man musste mit Kennern reden
um zu begreifen

Es gibt Menschen, die an Leichen erst der Geruch stört.

Der Krieg kostete Menschen und Material. Und es schmeckte ihm.

Nach Gangsterkriegen kann es leider nur Gangsterfrieden geben.

Gesegnete Waffen kosten natürlich ein wenig mehr.

Doppelverdienst: Nachdem die Veranstalter am Krieg verdient hatten, machten sie sich um den Frieden verdient.

Soldaten kommen jedem Bürgerkrieg zuvor. Sie geben Krieg nicht gern aus der Hand.

Das Fehlen eines Heeres ist vor allem für den peinlich, der Krieg führen will.

»Geistige Landesverteidigung«, das wäre die Abschaffung der allgemeinen Wehrpflicht.

Und wenn die DDR
die Westbürger reinlässt
und am selben Tag
drei Ostbürger abknallt
die eben rauswollen
dann sind Marxistenstirnen
reichlich faltig, dann
brauchen sie den Glauben
der Inquisitoren
dann fällt es schwer
dem bös zu sein, der
irrig sagt: Wie Nazis!
dann weiss keiner
warum der sterben muss
der aus dem guten Leben
aus dem richtigen
partout ins schlechte Leben
in das falsche
türmen will

Aus der Verfassung strich
die DDR das Wortfossil
DEUTSCHE NATION
und die, die klagen
dass das längst Vollzogene
nun noch bestätigt wurde
die sind so lächerlich
wie jene DDR
die diese Streichung
noch für nötig hielt
zumal der Ordnungssinn
der allzeit deutsche
dann nicht versäumen dürfte
aus dem Wort DDR
das zweite D zu nehmen
und auch noch abzulagern
auf der Trümmerhalde der
grossdeutschen Geschichte

Was auch passiert
und wo auch
und warum
auf dem Petersplatz
ist die unübersehbare Menschenmenge
und der Papst
gibt seinen Segen

Man hätte DEN BLICK IN
DIE WEITE ZUKUNFT GERICHTET
tat ein Parteiredner kund
riss die Augen auf
damit jeder sehen konnte
dass sein Sehbereich
DIE NAHE ZUKUNFT einschliesst
und schielte dabei
mit dem einen Auge
bis zur nächsten Wahl
und seit man weiss
was seine Augen leisten
traut man ganz unbesorgt
auch seinen Ohren zu
so weit hinauszulauschen
dass sie das Wortgeklingel
der Phrasenlieferanten
aus nächster Nähe
und auch das eigene
gar nicht ertragen müssen

Ja wenn ein GALILEI
ein EINSTEIN oder SCHWEITZER
Herrn MAIER aus Dorfhausen
als Kanzler uns empfehlen
gibt das zu denken
wenn aber umgekehrt
Herr MAIER aus Dorfhausen
sein »Maier« niederzirkelt
auf ein Inserat
das einen Kanzler
in grossem Ton empfiehlt
bereichert er die Namen
von unbekanntem Nichtrang
erstmals verlassend
Pass oder Führerschein
und sagt jene Meinung
für die's in Wahllokalen
bedruckte Zettel gibt
so könnte man sich freilich
jede Wahl ersparen:
Wer auf den Inseraten
mehr Wählernamen vorweist
die nachweislich
nur noch der Nachbar kennt
der hat gewonnen

Man sollte den langen Marsch durch die Institutionen nicht auf allen Vieren antreten.

Die Linke des Westens hat immer etwas, mit dem sie drohen kann: mit der Linken des Ostens.

Links zu sein, hatte eine Zeitlang den Chic von politischem Gruppensex.

Weltanschaulich schwer interpretierbar ist roter Purpur.

Die Romantik der Revolution besteht darin, dass Attentäter es feig finden, wenn der Diktator nicht allein vors Haus tritt.

„Sie sind unheimlich angepasst!“, sagte einer und siehe da: es war ein Chor.

Wenn wir streiten
wie es besser sein könnte
dann kommt der Punkt
wo immer einer sagt
IN DIESEM SYSTEM
ginge es nicht anders, denn
das wäre die Eigenart
DIESES SYSTEMS
und wenn einer fragt
IN WELCHEM SYSTEM
es denn besser ginge und
WELCHES SYSTEM
diese Eigenart nicht habe
dann lächeln sie mitleidig
schweigen kennerhaft beredt
lassen uns dumm sterben im
SCHULDTRAGENDEN SYSTEM
und ziehen sich zurück
in die Praxis der Utopie
mit einer Art von Mensch
die es noch nicht gibt
und wissen KEIN SYSTEM
die zu erzeugen
(besonders verlässlich
verlieren beim Roulette
die SYSTEMSPIELER)

Das ist die Revolution
der Masochisten:
Sie legen Feuer
und entzünden
die Pauschalverdächtigung
in den Medien der Reaktion
wenn die dann brennen
vor Sendungseifer
gegen eine Richtung
greift das Feuer über auf
die ÖFFENTLICHE MEINUNG
und die brennt hinein
in alle Löcher
und erhellt das Dunkel
und fordert Flammenwerfer
von Gesetz und Ordnung auf
alles zu verbrennen
was entdeckt wird
und die Masochisten
haben den Genuss
nicht ganz alleine
zu verkohlen

Bei einem Terroranschlag
wird ein Terrorist verhaftet
nötig wird also
ein Terroranschlag
zur Befreiung des Terroristen
der bei einem Terroranschlag
verhaftet wurde
bei diesem Terroranschlag
wird ein Terrorist verhaftet
nötig ist also jetzt
ein Terroranschlag
zur Befreiung des Terroristen
der bei einem Terroranschlag
zur Befreiung
des bei einem Terroranschlag
verhafteten Terroristen
verhaftet wurde
bei diesem Terroranschlag
wird ein Terrorist verhaftet
sodass nun nötig wird
ein Terroranschlag . . .

Der Antrag 27
des Jungsozialistenkongresses
schlug den Genossen vor
für programmatische Schriften
die Forderungen beinhalten
zum Wohle der Arbeiter
eine Sprache zu verwenden
die eben auch von Arbeitern
verstanden werden kann
vorstellbar, dass
in der heftigen Diskussion
mehrfach gefragt wurde:
Woher die Zeit nehmen
um diese Sprache
zu erlernen?

Gross war die Freude
bei den Nichtsos
als die Jusos
zu streiten begannen
wider die Asos
man erhoffte sich
die Teilsos
aber die Kusos
traten aus
und die Kapsos
wurden gewarnt
sodass die Freude
bei den Nichtsos
angesichts der Sos
zu vertagen war
vorläufig

Grosse Schelte
für junge Sozialisten
zuviel Theorie
würden sie betreiben
abseits von der Praxis
würde sie der Bürger
gar nicht mehr begreifen
das mag ja alles sein
wenn allerdings die Praxis
gänzlich am Ende ist
wenn alle dastehn
mit aufgerissenem Maul
und entsetzten Augen
wenn alle sagen die
WIRTSCHAFTSKRISE
die hat uns Gott gesandt
oder ein Teufel
mit gleicher Vollmacht
dann sollte es erlaubt sein
(mit aller Penetranz
dieser Vorzugschüler)
die gesamte Praxis
theoretisch anzuzweifeln

Dieses ist das Schicksal
der Sozialdemokratie
wenn sie regiert:
Die Kapitalisten sagen
die Sozialdemokratie
wird schlecht wirtschaften
die Sozialdemokratie
muss nun nachweisen, dass
die Kapitalisten irren
also
wirtschaftet die Sozialdemokratie
so wie die Kapitalisten
und die Kapitalisten
haben allen Grund
der Sozialdemokratie
deren schlechte Wirtschaft
vorzuwerfen

Als die Krise kam
kamen die Redestunden
der rückwirkenden Propheten
denn damals, so sagten sie
hätten sie dem Kaffeesud
in arabischen Tassen
die Ölverknappung entnommen
(wenn man sie nur hätte
öffentlich deuten lassen)
damals, so sagten sie
hätten sie Linien der Hand
des israelischen Generals
als Waffenstillstandsgrenzen
höchst genau gelesen
(wenn man sie nur hätte
öffentlich handlesen lassen)
und so fordern wir ab jetzt
für alle Parlamente
neben den grossen Debatten
und den heissen Fragestunden
ein heiteres Viertelstündchen
für die Propheten

Wenn bei den Konservativen
die Sozialüberholer
die Linksschausprecher
ihre Forderungen fordern
dann träumen sie auch
vom sofortigen Beziehen
ihres Austraghäuschens
im Falle eines Wahlsieges
ihrer Parteifreunde

Die BRESTHAFTEN
gründen eine Partei
zur Erhaltung der
BRESTHAFTEN
weil wie sie sagen
auch die BRESTHAFTEN
Lebensberechtigung besitzen
doch andere BRESTHAFTE
gründen eine Partei
zur Vernichtung der
BRESTHAFTEN
weil sie so hoffen
als BRESTHAFTE
unerkannt zu bleiben

»Ich bin so frei«, sagte der Markt und erhöhte die Preise.

Aus den Fabrikschloten kommen die Rauchzeichen der Wirtschaftskriege.

Bei den Kriegen zwischen Verbündeten gilt der Dollar als beliebte Waffe.

Die Banken sind das Eros-Center für die käufliche Liebe der Währungen.

Wenn eine Geldanlage »vollkommen sicher« ist, bleibt immer offen: für wen?

Als Zucker knapp wurde, sagte der Diabetiker: »Jetzt geht's an die Substanz!«

Als man Öl suchte, um die Wogen zu glätten, da war es schon ins Feuer gegossen.

Tarifverhandlungen sind die Gesellschaftsspiele unserer Gesellschaftsordnung.

Arbeitslosigkeit kommt immer nach der Bodenlosigkeit.

Das Auto ist ein Gerät, das es dem Menschen ermöglicht, rascher zur Arbeit zu kommen, deren Ertrag ihm ermöglicht, sich ein Auto zu kaufen.

Würde der Handel mit Menschen handeln, würde er sie als »Gotteskinder« anbieten.

Wirtschaftswachstum? Auch Umweltvergiftete werden arbeitslos.

USA & UdSSR: die Heimchen am Krisenherd.

Wenn man die Zeitungsleser
ringsum befragte
ob sie besser wüssten
wie der Krebs entsteht
und wie der Preis?
dann würde man erfahren
dass unsere Medien
in den letzten Fragen
der dunklen Medizin
erheblich mehr erhellen
als in den ersten Fragen
der täglichen Wirtschaft

Ewig stehen auf Märkten
Händler mit einem Mittel
von dem sie heiser schwören
dass es alles reinigt
ewig stehen Menschen
in gaffender Versammlung
und wollen ernsthaft wissen
ob das auch stimmt
und von diesen Hirnen
leben die Financiers
die immer etwas wissen
was das Geld vermehrt

Als eine Bank
eine grosse Pleite machte
sagte mein Bankier
die Fachwelt begriffe nicht
wie so etwas möglich sei
und nach jenem Tag
krachten weitere Banken
und viele Leute
trafen jeweils ihren Bankier
und erfuhren
die Fachwelt begriffe nicht
wie so etwas möglich sei
und grundsätzlich sei zu glauben, dass
wenn Banken pleite machen
es Banken sind
die für die Bankwirtschaft
nicht charakteristisch sind
bis zu dem Tag
an dem eine Bank kracht
die anderen den Atem nimmt
noch sagen zu können
dass die Fachwelt nicht begriffe
wie so etwas möglich sei

Als der Achtzehnjährige
zu wachsen aufhörte
kamen die Wirtschaftsexperten
und sagten: Wachstumskrise!
und spritzten Überdosen
von Wachstumshormonen
bis sie pleite waren
und das Opfer krepierte

Oft vernimmt man
dass Exporteure
den Staat geschädigt hätten
und dann hört man
GRÖSSERE BETRÜGEREIEN
wären NICHT NACHGEWIESEN
und so fragt man sich
ab wann BETRÜGEREIEN
denn KLEINERE sind
und wann NICHT NACHGEWIESEN
nicht stattgefunden heisst
doch sagen die Experten:
Zuviele Kontrollen
verschlechtern den Erwerb!
Das sieht man ein

Sie machen ihren Umsatz
gerne mit Sehnsucht
und bringen allerorten
diese Begriffe auf
die etwas garantieren
das zu garantieren
nur elendes Gewissen
den Anlass geben kann
so liest man auf den Karten
immer mehr vom LANDWEIN
im Gegensatz zu Stadtwein?
oder will man nur
die herkunftslose Fälschung
mit diesem Reizbegriff
flott wegbetrügen?
wer würde laienhaft
die peinliche Chemie
als solche definieren
wo man doch weiss
dass AUF DEM LAND
alles viel rauher ist
und nicht so anspruchsvoll
auch der Geschmack

Ich ging über die Märkte
nicht um zu kaufen
nur so um zuzusehen
da sah ich Gänse
mächtige saubere Gänse
auf einem alten Marktstand
der von vielem Regen
die rechte Farbe hatte
dahinter eine Bäurin
die auch zünftig aussah
so schien mir auch die Gans
von jenem Hof zu stammen
zu dem die Frau gehörte
und auch der alte Stand
doch sagte mir ein Fachmann
die originale Bäuerin
mit ihrem originalen Stand
ginge in jenen Grossmarkt
der Kettenläden beliefert
und Gänse importiert
und kaufte Tiefgefrorenes
wie jeder andere Kaufmann
doch taute sie es auf
und legte es auf's Holz
bar jeden Zellophans
und liess den Anblick sprechen
und fragte man sie aus
dann log sie gar nicht erst
sie dachte nur ganz richtig
dass keiner fragen wird
ich sah die braven Leute
mit einer durch den Glauben
verzauberten Gans enteilen
(wie lange wohl diese Art
von Lebenshilfe noch zieht?)

Der Wirtschaftsfachmann sprach
von den Rohstoffpreisen
von der Kostenexplosion
von der Mitbestimmung
ohne Mitverantwortung
und alles was er sagte
malte die Katastrophe
die wirtschaftliche Endzeit
an die Wand, an der
wir mit dem Rücken stehen
ich aber fragte
ob denn nicht ein Konzept
ja eine Theorie
vonnöten wären, um
über das Tägliche hinaus
den Untergang zu stoppen?
dieses bejahte der Fachmann
und bedauerte zutiefst
das Fehlen jeglicher Regel
zur Rettung eines Marktes
der frei ist und gemeinsam
nur Eingriffe ins System
negierte er mit Nachdruck
und verwies entwaffnend
auf unser Wohlergehen
weil Katastrophen im Paradies
nie ernst sein können

Da schrieben die Chinesen
die russischen Genossen
hätten mit Öl
den grossen Schnitt gemacht
hätten den Freunden fest
vom Liefern abgeraten
und dafür ihrerseits
Tankflotten entleert
zu überfetten Preisen
und hätten sich verhalten
wie die genialsten Jobber
in grossen Börsentagen
da denkt man kummervoll
an Arbeiterpoeten, die
links von ihrem Schmalzbrot
ein Papier beschreiben
(mit der Revolution)
da denkt man amüsiert
auch an die Bürgerpresse, die
weltblättisch gebläht
(der Grund: man sehe oben)
das russische Volk auch
eine FRIEDENSMACHT nennt

ENERGIEPOLITIK
das war bisher
kein öliger Krieg
aber ENERGIE zum Bewahren
eines sicheren Friedens
hatten sie nie
doch ENERGIE um zu erpressen
und zwar Waffenlieferungen
die haben sie
und diese ENERGIE
zwingt uns in die Knie
vor Schlachtenlenkern
wir benötigten ENERGIE
um nicht die Kamele zu werden
von Heeren in der Wüste
für ein Maul voll Öl
traben wir brav
ihre gefährlichen Wege

Nachdem die Waffenhändler
endlich begriffen hatten
dass man eigene Kriege
nicht mehr gewinnen kann
dass man gewinnen kann
nur an fremden Kriegen
fragten sie immerzu:
Wo lassen wir kämpfen?
Und weil auch das Geld
nicht mehr so sicher war
setzten sie Preise fest
bestehend aus Marktgarantien
für politische Abnahmen
für Systemlizenzen
für den Detailverkauf
der Teilung der Welt
(in dessen Folge
Dollar & Rubel rollen)
und sie brauchten nur sorgsam
steigenden Waffenbedarf
marktforschend zu erfassen

Es zürnt der Papst:
in MANCHEN reichen LÄNDERN
herrsche Überfluss
es sei nicht mehr zu dulden, dass
in MANCHEN LÄNDERN
Lebensmittel verfaulten
und in seinem Zorn
vergass der Papst völlig
die Länder zu nennen
und so zürnt er eben immer
MANCHEN LÄNDERN
und die Gläubigen wissen
die Sünde ist
irgendwo

Wie lange sehen sie noch zu
die zuständigen Minister
dass laufend radikale Kräfte
das Gefüge unserer Wirtschaft
das Gesunde der Gesellschaft
unterwandern und zerstören?
Dieses schrieb ein Bürgerblatt
(annähernd exact zitiert)
als man in der Stadt Paris
rund um die Jahrhundertwende
die Fabrikarbeit von Kindern
von den üblichen 12 Stunden
auf die fortschrittlichen 11
per Verordnung reduzierte.
Zwischenrufe: Alte Hetze!
Was besagt denn das zur Zeit? –
Nichts.
Man merke sich den Tonfall
um ihn immer zu erkennen

Die Autoindustrie
gab das Beispiel
und bezeichnete sich als
NOTLEIDEND
nur weil sie
mehr produzieren wollte
als man brauchen konnte
und deshalb fordere ich
anlässlich neuer Krisen
dieser Autoindustrie
das Tempo 100
als unterste Grenze
da gibt es eine Steigerung
der Totalschäden
so mehr Nachlieferung
und auch mehr Tote
demgemäss auch Erben
und mehr Autokaufkraft

Wenn sich Fabrikanten
von Geschossen auf Rädern
zum Minister begeben
und sagen: Werter Herr!
sechzig Perzent mehr Leben
das klingt soweit ganz nett
als ein Argument
für limitiertes Tempo
bedenken Sie jedoch
den grauenhaften Einfluss
unseres Produktionsrückganges
auf Ihre Handelsbilanz?!?
dann handeln die Herren
exact nach den Prinzipien
aller Rüstungsindustrien
in jenen Zeiten
da der Frieden drohte

Zum Fest der Tannenbaumschüler
werden angeboten: FRISCHTANNEN
mit NOCH MEHR NADELDICHTE
und das erkennt man
AN DEM GRÜNEN DING
und die SKANDINAVISCHEN
erhält man HANDGEHARZT
und gegen Aufpreis
mit dem ZAPFENDUFT
aus dem Hause CHRISTSTAR
und die HOCHWALDTANNE
die mit dem PRÜFSIEGEL
und der GOLDMEDAILLE
der WALDVERWERTUNGS G.M.B.H.
die hat die HAFTGARANTIE
für die ZUCHTLANGNADELN
bis Mitte Jänner
und die FARBFESTIGER
für das INTENSIVGRÜN
die hat die MASSWUCHSTANNE
FRISCH AUS FÄLLERHAND
denn was geht schließlich
über NACH GROSSMUTTERART
bei der ALEXANDERTANNE
die als einzige
diesen Namen tragen darf
und selbst bei Kunstlicht
denselben Farbwert hat
wie am TV-Schirm

Werdendes Leben, Leben, das sein wird, das gilt für alle Beteiligten.

Als der Streit
um die Abtreibung tobte
strichen viele Gynäkologen
ihre Prunkvillen
mit grauer Tarnfarbe
stellten ihre Drittwagen
in die städtische Garage
verboten der Ordinationshilfe
den weissen Zobel
und buchten die Weltreise
in ein Arrangement um
in heimischer Landschaft
nah einem Kinderdorf

Der Abtreibungsparagraph ist ein verbotener Eingriff in das Leben der Frau.

Die Absaugmethode verstehen die Ärzte bevorzugt finanziell.

Gynäkologen zahlen für diverse Honorare keine Steuer. Aus Gewissensgründen.

Mord am ungeborenen Leben nennt man – geistig begriffen – auch Zölibat.

Unter Sexualatlas verstehen manche eine Weltkarte der Prostitution.

Ein ordentlicher Zuhälter verlangt von seiner Braut, dass sie auf den Strich geht, sich aber nicht benimmt wie eine Hure.

Von der Fristenlösung
so sagte ein Gottesmann
sei nur ein Schritt
zur AKTIVEN STERBEHILFE
zur Euthanasie
woraus sich der Zusammenhang ergibt
zwischen ungewollter Schwangerschaft
und Euthanasie
weil nämlich
die Abtreibung dann
die in den Mutterbauch
zeitlich weit vorverlegte
Euthanasie ist
so aber wären wieder
Tote in Kriegen
zu definieren als
verspätete Abtreibung

Zwischen dem Schutz
des werdenden Lebens
(auch: des ungeborenen
bzw. des keimenden)
und des gewordenen Lebens
(auch: des geborenen
bzw. des erblühten)
hat wegen Arbeitsüberlastung
Arbeitsteilung stattzufinden
und gerade die Bischöfe
die viele Mühen haben
in den Ordinariaten
können ganz sicher nicht
alle Leben beschützen
nämlich alle auf einmal
einerseits die werdenden
andererseits die gewordenen
und so versteht jeder
dass sich die hohen Herren
für einen Teil entscheiden
hier allerdings die Arbeit
richtig gründlich machen
und entschieden schützen
wir aber sind auf der Suche
nach heiligen Männern
in hohen Ämtern
die ihrerseits wiederum
die andere Entscheidung
die für die gewordenen
so verbissen treffen

Vor der Parkklinik
zwischen alten Kastanien
öffnet der Chauffeur
der Dame den Schlag
auf dem Weg
zum kleinen Eingriff
(befürwortet vom Professor)
hinter einer Villa
beim Ein- und Ausgang
für die Müllabfuhr
lauerte auf eine Frau
die blutend gehen musste
(nach Barzahlung)
ein Beamter
der gelernt hat
Gummi zu befruchten
und sich kümmert
mit ewig feuchten Händen
um Gebärfreudigkeit
jener Bäuche für die
das Gesetz galt

In Singapur
da verliert die Mutter
bereits beim dritten Kind
den Mutterschutz
und beim vierten
muss die Familie
raus aus der Wohnung
und die armen Missionare
kriegen vom Chef in Rom
nicht ums Verrecken
die Pille mit

In der Beschreibung des Schlaraffenlandes wird nie erwähnt, wer das Gekotzte aufwäscht.

Die »Grünen Lungen« sind lange schon Eiserne.

Nostalgie ist, wenn auf der Speisekarte »Rheinlachs« steht.

Kinder als Lagerplatz des Konsums: Umweltverfettung.

Reifeprozess: Kinder, denen der Genuss von unreifem Obst verboten war, kaufen ihren Kindern dann künstlich Gereiftes.

Was man Nichtrauchern antut, heisst bei Nichtschwimmern: ersäufen.

Eine Welt von Lärm und Nikotin ist Schall und Rauch.

Ausspannen wollte er
an Afrikas weissen Stränden
und da fragte ihn der Junge
mit den grossen Augen
warum er denn
in einem Colony-Hotel wohne?
und im Hotel-Kino
spielten sie »Battle of England«
da freuten sich die Gäste
aus England
und da empörten sich die Gäste
aus Deutschland
da floh er
zum dunklen Strand
und da kam wieder ein Junge
und der sagte:
Muller Seeler Beckenbauer
umba umba tätärä
gut? gut? gut?
give me one shilling!
in der Nacht
blätterte er im Prospekt
des grössten Reisebüros
und suchte Offerte von
Bewußtlosigkeit

Das Meer ist blau
der Sand ist weiss
und die Insel klein
du wirst an Land gebracht
als ihre Ware
wirst braun dabei
und bist nicht nur deshalb
eine Art Coca-Cola

Wäre es nämlich wahr
dass Jäger Heger sind
warum sah man noch nie
im Hause eines Jägers
ein Foto der Gehegten,
irgendein Dokument
des lebenden Getiers
warum sieht man denn nur
die Trophäe des Siegers?
ein Stück der Leiche?

Im Lande Bayern mehrten sich
tief drin im Wald
die Luchse
welch schöne Tiere
Gott dereinst erfand
um das Tier zu töten
das überzählig ist
als ein Element
der Ordnung der Natur
als aber Bayerns Jäger
erfuhren, dass der Luchs
ihnen ins Handwerk pfuscht
luden sie mächtig durch
und erschossen radikal
die Luchse
so lustig ist die Hegerei

Wehrloser
als die Natur
sind die Kinder
Geschoppte
Opfer des Stumpfsinns
werbungsgemästet
kugeln heran
Stolz der Eltern
Schrecken der Ärzte
der Zeugungsidioten
platzende Alibis
zum Glück offerieren
ganz neue Kliniken
Abmagerungskuren
auch diesen Engerln
jetzt wird der Papa
statt der Mastunkosten
eben das Fasten
begleichen

Auf der Kings-Road
in der Stadt London
trägt man die neue Linie
aber in der Stadt London
trägt man auch andere Linien
in der Victoria Station
die Passanten
die sind so fashioned
wie die auf dem Ring
der Stadt Budapest
und man sieht
die Strassenmode
der armen Teufel
die ist international
der Unterschied
der liegt eher
bei den reichen Teufeln

Die Gebrauchtwagen rosten
(die bis zum Zusammenbruch
oder bis zum Zusammenstoss
grossen und schnellen)
und bleiben liegen
wie Steine der Steinzeit
als der menschliche Geist
etwas Besseres entdeckte
und Historiker werden
dieses verkünden:
Das Ende der Autozeit
weil die Menschen die Autos
nach dieser Autozeit
nur so weiter verwenden
wie einstmals die Steine
nach jener Steinzeit
nach bleibender Nützlichkeit
denn die Überholer
die haben sich mittlerweile
aus dem Verstandesbereich
hinausbeschleunigt

Taximörder
sind besondere Mörder
und daher die Forderung
nach den härtesten Strafen
weil Taxifahrer
und auch Taximörder
nicht Mitglieder sind
der gewöhnlichen Gesellschaft
sondern Insassen
eines Heiligtums
eines Gotteshauses
der Zivilisation

Die blaue Blume der Automenschheit: ein Tempo, das den Verkehr hinter sich lässt.

Ein feiner Mensch sollte es ablehnen, mit dem Verkehr zu verkehren.

Wir haben das Auto in den Handgriff bekommen. In den Hirngriff nicht.

Ein Auto ist an und für sich schon ein Delikt.

Bei der Eisenbahn rechnen sie damit, dass du wiederkommst. Beim Auto musst du sicherheitshalber alle Fahrten auf einmal bezahlen.

Fresser befragt man nicht zum Ernährungswesen. Warum dann Autofahrer zum Verkehr?

Autofahrer, die sagen, geringeres Tempo ermüde, nehmen das Mass von ihrem Nervenleiden.

Die Automobilklubs kriechen der Industrie in den Auspuff.

Arbeitslosigkeit?
Meinungsträger braucht man immer.

So also brechen wir zusammen
unter der Förderung der Künste
ersticken schier
in dieser Musenbrühe
terrorisiert von Malern
verfolgt von Operngschnas
von Tradition gebügelt
mit Gegenwart geschoppt
kurz vor der Inflation
an der Poetenbörse
von Dauerdiskussionen
und Kunstkritik zerhämmert
und fördern, fördern, fördern
und stecken in der Kunst
bis über beide Ohren

Kulturfunktionäre nehmen immer den Mund so voll. Mit der Entmündigung der Kultur.

Es sind die gerne mit der Kunst auf »du und du«, die nicht einmal qualifiziert sind, zu ihr »Sie« zu sagen.

Als der Kritiker sagte: Sie bleiben immer an der Oberfläche!, war für den Schwimmer das Gespräch beendet.

Der progressive Arbeiterdichter kündigte das Verfassen eines Förderbandes an.

Kulturkatastrophe: ein Grubenunglück am Olymp.

Wenn die Filmemacher: Aufnahme! rufen, meinen sie: in den Film.

»Das wäre ein Filmschluss!«, dachte der Delinquent, als das Kommando antrat.

Intendanzen: widersinnig wären Gurte für Schleudersitze.

Burg und Oper: Bordelle für den Meinungsnotstand.

Staatstheateraffären
die Dunstglocke des Kulturmiefs
schlägt dreizehn
der Minister räuspert sich
die Stammtische rücken
überinterpretierte Gaukler
spielen Kunstenergiekrise
und blicken so bedeutend
in die Fernsehkamera
dass man meint, in Troppau
spielt einer den Gandhi
in der Benefizvorstellung
für Albert Schweitzer

In der Oper
während sie stimmten
sah ich die Gäste:
die dämlichen Macher
die schwitzenden Bürger
die strahlenden Tunten
dann kam der Dirigent
und gab den Einsatz
zur Vergeudung

Operndämmerung
nicht nur Dramen
schob Rodolfo in den Ofen
vor allem Geld
jetzt haben sie nichts mehr
als den grossen Kater
nach dem Gagenrausch
doch Gold von den Kulissen
wiederum abzukratzen
das geht ihnen zu weit
so veranstalten sie
ein permanentes Finale
und erregte Pubertäre
fordern den Klang von Stimmen
die es nur in Rillen gibt
und Wien sorgt sich
neben Paris und Mailand
sehr um New York
denn Konkurse könnten ja
Opernschule machen und
ein eiskaltes Händchen
wäscht das andere

Beim Motivieren
ist das Problem:
wie motiviert man sich
wenn man da schreibt
über das Motivieren
der Unmotivierten?
Es kann nicht genügen
Arbeiter zu motivieren
wenn der Motivierer
nicht hinreichend motiviert ist
sich motiviert zu fühlen
andere zu motivieren
wie motiviert der Arbeiter
nun seine Motivation
den Klugen zu motivieren
ihn endlich zu motivieren?
und wie motiviert man
das Wort »motivieren«?

(Konservativ ist einer nicht
wenn er sich schämt
die Frage nach dem Sinn
schlicht so zu nennen)

Langsam beginnen Menschen
gereizt zu werden
weil Mimen & Poeten
alles genauer wissen
als Politiker & Technokraten
langsam wird allen klar
dass schreibende Moral
Zuruf von aussen bleibt
ob flehend oder fordernd
aber nicht Gegenstand
täglicher Sachentscheidung
und so wirds allen fad
dass auf den Bühnen
all das gewusst wird
woran's den Parlamenten
so schrecklich mangelt

Gelegentlich
unterschreiben Künstler
für die Kommunisten
und sagen immer laut:
Wir meinen keineswegs
diesen Kommunismus!
befragt: welchen denn?
erfährt man nichts
nur die
die mit den Unterschriften
zu den Leuten gehen
die sagen immer:
es gibt nur einen

Als ein Interpret
mit einer Lesung aus
MEIN KAMPF von Adolf Hitler
grossen Erfolg hatte
meinte der Zeitungsleser
das wäre ein Beweis
dass einige Passagen
doch sehr stark wären
dass aber andererseits
die Zeit der objektiven Wertung
wohl erst kommen müsse

Ein Talent, das immer in einer Klasse verharrt, bleibt ewig sitzen.

Als ich merkte, dass ich mich am Lachen vergangen hatte, war mir das Lachen vergangen.

Ich will nicht gleich wissen, worauf einer einen Witz gemacht hat. Ich will zunächst wissen, woraus?

Eine geklebte rote Nase kann dir keiner blau hauen.

Unter sozialen Randschichten kann man auch die Intelligenz verstehen.

Das Handwerk mit dem kürzesten Weg vom Erzeuger zum Konsumenten ist das des Spassmachers.

Für das Kreuz des engagierten Sängers gibt es kein Auflösungszeichen.

Einer wie Böll
muss sich schmähen lassen
wenn er sagt
dass auch bei Anarchistenjagden
das Wort »Gnade« fallen darf
einer wie Böll
muss sich schmähen lassen
wenn er sagt
dass Dichter
nicht nur im Osten
nein auch im Westen
inhaftiert sind
einer wie Böll
muss sich in solchen Fällen
neben Schmähungen
auch Applaus anhören
von unerwünschter Seite
und sagt dann
einer wie Böll
wenn sie im Osten
wieder neue einsperren
neuen Klartext
dann muss er sich verbitten
von jenen gelobt zu werden
die ihn vormals schmähten
und so wird
einer wie Böll
immer auch Mann von Leuten
die er nicht will
immer sind Leute einer Meinung
nicht würdig

Einer schrieb
ich hätte einen Dorn im Auge
sähe daher schlecht
er wolle mir nun gerne
einen zweiten Dorn besorgen
was sagt das Bild?
der Dichter will mich blind
und mich persönlich blenden
so verrät uns Sprache
die ersten Funktionäre
der nächsten Reichsschrifttumkammer

Ein Ton
eine Erhebung
eine neue Richtung
und langsam werden
die anderen zu Negern
werden Kunstschädlinge
Literaturblutschänder
und die Gruppengezeugten
wissen zu verteidigen
das Reinrassige
einer Masche

Wenn einer links ist
und ein Linker
dann haben die
zum nämlichen Anlass
immer zwei Meinungen
weil z. B. das Stück
mit Gesellschaftskritik
für den Linken entlarvt
und Misstände aufdeckt
und solcherart gut ist
ein kritischer Beitrag
für den Linkeren aber
Lug & Trug
weil Gesellschaftskritik
nur Vorwand ist
um das Bestehende
zu zementieren
nur Methode
des Weiterverschleierns
und es lässt sich streiten
ob die linke Kunst
nicht noch bürgerlich ist?
und die linkere
denn noch Kunst?
und es verkrallen sich
in diesem Scheinkampf
die ewigen Schmocks
der Feuilletons

Kapitalisten sind eine Gesellschaft, die mit schlechten Schlagern soviel Geld verdient, dass sie sich die elitären Festspiele leisten kann.

Narren marschieren ein? Narren sind zu intelligent, zu marschieren.

Man kommt, wenn man sich mit dem Volk einlässt, um das Volk nicht herum.

Manche Zeitungen sind an und für sich ein Druckfehler.

Unabhängige Zeitungen: eine Fliege im Spinnennetz ist z. B. völlig unabhängig vom Strassenzustandsbericht.

Der Schreibtischtäter unserer Jahre ist der Leserbrieftäter.

Der Wiener Begabung gratuliert man gern zum 70jährigen Berufsjubiläum als Talent.

Unterhaltung ist
für konsequente Linke
verwerflich, weil nur da
um abzulenken
nun aber ist der CIRCUS
in den Staaten des Ostens
was man so nennt
die WELTSENSATION
und jetzt ALLEZ HOPP!
muss man balancieren
(und ohne Netz)
zwischen der Nummer, dass
Sozialismus besser ist
sogar für CIRCUS
und der Nummer, dass
die allen Grund haben
zu unterhalten

Rechtzeitig
vor Allerheiligen
hatte das Fernsehen
viele beerdigt
in den Feuerpausen
schossen die Kameras
und die Toten
lagen sehr nahe
ich sehe sie besser
als meine Toten
die gut begrünt sind
anständig bekiest
unter Blumen vergessen
ich hatte Lust
auf dem Fernsehapparat
eine Kerze zu brennen
(und lachte dann wieder
über die Dummheit
der Pose)

Und Erich Kästner ist jetzt auch gestorben,
von dem belehrt zu sein uns eine Ehre war.
Doch wir erinnern uns und staunen ehrlich
drüber
wieviel für unsre Zeit uns eine Lehre war.

Es stand im Vorwort zu den Richtigkeiten,
dass sie das dritte Reich ins feige Feuer warf.
Und wir begriffen, es gibt Wichtigkeiten,
die's in der Diktatur eben nicht geben darf.

Der Kästner zeigte uns, dass man
Gedankenklarheit
artistisch, bilderreich, gereimt betreiben kann.
Er schrieb uns vor, dass jede Art von Wahrheit
nur schmerzlich deutlich wird, wenn einer
schreiben kann.

Er teilte Schläge aus, verteilte auch Gewichte.
Er war als Spötter immer frei von Spott.
Ihm war Moral die Wut auf Zeitgeschichte
und auf die vielen Götter vor (scheinbar)
keinem Gott.

Mein Argument war oft, ihn zu zitieren.
Und Bilder habe ich recht häufig nachgemalt.
Der angelernte Ton, der musste sich verlieren.
Das Schulgeld aber ist bis heute nicht bezahlt.

Der Dichter Kästner hatte aufgegeben
und vor dem Körper seinen Dienst quittiert.
Doch in den Büchern steht sein Schreiberleben.
Und das Geschriebene hat niemals resigniert.

*Der Fussballtrainer hat
Genie, der erreicht, dass einer
mit erigiertem Glied den Ball
ins Tor stösst.*

Die zweitbeste Zwischenzeit
lag um drei Hundertstel
über der Zwischenbestzeit
des Non-Stop-Laufes
doch die beste Teilzeit
im letzten Streckendrittel
fuhr bereits gestern
die viertbeste Zwischenzeit
muss also heute fast ein
Hundertstel verloren haben
gleich nach dem Start
und dem Rennbericht
folgen die 12 Zeittabellen
mit 3 Ergebnislisten
plus den Kombinationsrängen
und den 6 Zwischenständen
aller Welt-Cup-Positionen
(nur nicht der Hinweis
dass die weisse Dummheit
wie alljährlich jeden
Streckenrekord schlägt)

LA ZENZI
Herabgeschwungene
von der Hochalm
Gebadete in der Wanne
des Schifabrikanten
LA ZENZI
Callas des Fersensitzes
Königin der Hundertstel
sei nur der Besen
den sie riefen! –
LA ZENZI
sei die Vergoldete
Deiner Triumphe
o Du alpine
Emanzipierte –
LA ZENZI
lasse mich Dir
alle Kanten schleifen
und Dich fragen nach der
allgemeinen (Schnee)lage

Wenn bei den Schwimm WM
die Delphine
und die Hechte
(schon im Kinderbassin
durch Drogen umgebildete
ehemalige Menschen)
allen davonziehen
dann weinen die Geschlagenen
weil nicht einmal das Rasieren
dagegen half
so ist es an der Zeit
laut und deutlich zu sagen
dass auch der Karpfen
ein Mensch ist

Aus dem Stoff
aus dem die Narren sind
und auch die Heiligen
ist Muhammad Ali
vielleicht auch Narr für die
für die er heilig sein will
das wird man bald erfahren
er boxt sich müd
und jeder Konter
rüttelt Gedanken durch:
stimmt alles noch?
und nach dem Schlussgong
ist das Gesicht
kein Sieger mehr

(»Stechen wie eine Biene«
wie oft kann man das?)

Als die Fussballhelden
den Sieg programmierten
durften sie zwischendurch
mit Frauen und Damen
doch warf diese Abkehr
von der Samenstaupflicht
schwierige Fragen auf
nach der Lokalität
wollte man doch
diese Zwischendurchschwächung
der Nationalmanneskraft
auch nicht betonen
denn wehe den Kupplern
nach einer Niederlage

Als die Fussballweltmeister
und die Vizeweltmeister
von den Fussballweltmännern
beim grossen Fussballbankett
gefeiert werden sollten, da
gab es für Fussballfrauen
keinen Einlass
sie waren nicht aufgestellt
als sie nicht begriffen
und dennoch einliefen, um
ihren Mann mitzufeiern, da
wurden sie rausgeschmissen
und zum Weinen gebracht
denn dieser *ITT*
(Internationaler Trust
der Tormacheragenten)
bezahlt die Männer so hoch
um das Recht zu haben
sie mit deren Frauen
nicht mehr zu teilen
und wenn Männer nicht Kinder
sondern Tore gemacht haben
haben Frauen eben
OFF-SIDE zu stehen

Der Rennfahrer K
war NICHT SCHULD
an seinem Renntod
sagen die Rennschreiber
zu den Rennschauern
und den Rennlesern
und wir fragen uns:
Wie denn nicht?
ist er denn nicht eingestiegen
in das Rennauto?

Winterlicher Grabspruch: ». . . unerforschlicher Ratschluss nahm ihn nach der Einfahrt ins Steilstück von uns.«

Ein Rennläufer stoppte vor dem Ziel. Er war seiner Zeit voraus.

»Das war eine schlechte Saison«, sagte der Gastwirt zum Gipser.

Die Begeisterung für Hüttenverpflegung ist nur damit zu erklären, dass sich auch der Geschmack erkältet.

Karate ist der Interruptus des Totschlages.

Nichts charakterisiert die Rennbranche so wie das Wort »Rennstall«.

»Ich befinde mich vor dem Mikrophon und habe es in der Hand«, sagte der mediengerechte Funk-Sportreporter.

*»Ihren Sohn können Sie aber
nicht verleugnen.«
»Wozu? Er soll seinerseits
diese Chance haben.«*

Für Es besteht die Zeit
aus Milch und deren Quell.
Das Herz schlägt viel zu schnell.
Die träge Welt ist weit.

Es tastet sich an Land.
Es riecht den stolzen Blick.
Ein wehrloses Genick
fällt in die nächste Wand.

Wer weiss, warum Es plärrt.
Erfahren ist Verlust.
Zunächst wird eins bewusst:
der Rückzug ist versperrt.

In einem Bündel Wicht
steckt schon der erste Hohn.
Ein Prinz besteigt den Thron,
Audienzen im Gesicht.

Sein Aug ist klug und will.
Die Kraft ist ungewürgt.
Das Masslose verbürgt
nach Absturz das Gebrüll.

Dann sieht er ohne Zorn
die letzte Falle an.
Ein unsichtbarer Mann
beginnt in ihm von vorn.

Ich wünsche, dass mein Sohn erfährt,
dass grüne Gräser schneiden können,
dass hoch im Baum kein Mensch erklärt,
wie wir den Absturz meiden können.

Ich wünsche, dass er Äpfel stiehlt,
bevor wir sie als Nachtisch nehmen,
ich will, dass er auf Amseln zielt,
um sich nach Treffern selbst zu schämen.

Ich wünsche, seine kleinen Tritte
im Sand, im Schlamm, im Schnee zu sehen.
Wie lächerlich klingt meine Bitte,
nicht durch das grosse Beet zu gehen.

Das Kind sieht hohe Räume tanzen,
ein wirres Flattern, sonnennah,
was grün ist, schüttelt sich im Ganzen,
verschwimmt und steht schon wieder da.

Da nimmt das Kind ein Büschel Gras
und schlägt hinein und streicht es weich.
Es holt sich diesen Baumwindspass
in seinen eigenen Bereich.

Über die Wiese stolpert
ein Seemann, ein Galan.
Dort, wo der Rasen holpert
stürzt ratlos ein Tyrann.

Ein Cowboy sieht die Sonne,
ein Sänger kostet Mist.
In eine Regentonne
fällt schliesslich ein Artist.

Die vielen Möglichkeiten
des Menschen sind ein Kind
Anstatt die auszuweiten
wird etwas, was wir sind.

Wenn er »lieb« meint,
sagt er: lieb.
Wenn er »Haus« meint,
sagt er: Haus.
Wenn er »weh« meint,
sagte er: weh.
Wenn er »aus« meint,
sagt er: aus.
Wenn er »müd« meint,
sagt er: müd.
Wenn er »ja« meint,
sagt er: ja.
Wenn er nichts meint,
sagt er nichts
und wir andern
stehen da.

Es ist kein Es mehr. Er ist längst ein Er.
Nur manchmal schreit er sich ins Es nachhaus.
Wann war die Eszeit? Das ist lange her.
Das Es wird gross und plötzlich ist es aus.

Er ist jetzt drei. Er ist schon längst ein Mann.
Nur manchmal schreit er sich ins Null nachhaus.
Sonst spielt er fünf und fünfzig dann und wann.
Und wenn er drei ist, lacht er alle aus.

Es schläft ein Kind. Es ist ein Menschenschlaf.
Nur manchmal schläft er, wo die Wunder sind.
Meist ruht er nur und alle sagen »brav«,
wenn wie bei uns die Existenz beginnt.

Ich box mit meinem Sohn. Korrekt.
Als ob ich Gegner wäre.
Nur, was er zu gefährlich schlägt,
schlägt er bei mir ins Leere.

Das bringt ihn in geballte Wut.
Er will mit Schlägen siegen.
Ich weiche aus. Ich deck mich gut.
Bis wir zu essen kriegen.

Ich glaub, so wird ein Trieb gestillt.
Ich glaub, dass er so friedlich wird.
Wenn er mich eines Tages killt,
dann hab ich mich geirrt.

Er und die Freunde, sie sind teuflisch laut.
Sie brüllen, dass es wirklich jeder hört.
Ihr Trommelfell ist eine gute Haut.
Und ihren Nerven schmeckt, was unsre stört.

Ihr Toben macht ihr Spiel zu mehr als Spiel.
Sie fletschen ihrer Zukunft den Salut.
Sie haben Kraft und zeigen uns wieviel.
Man könnte meinen, das wird einmal Mut.

Doch unser Beispiel reicht für den Ruin.
Erst müdes Schweigen, bis die Wut sich staut.
Dann wird die Traurigkeit hinausgeschrien.
Dann einen Schluck und kusch. Die Welt bleibt laut.

Jetzt hat er einen Stundenplan.
Das, was die Menschen lehren,
bedeutet meist: man lernt ihn an.
Wie sehr kann er sich wehren?

Wenn er sich täglich so verhält
wie zu dem Vater stündlich,
dann lehnt er ab, was ihm missfällt.
Ja, dann misstraut er gründlich.

Ich bin jetzt nicht mehr ganz so gross
im freien Spiel der Kräfte.
Und krieg die Traurigkeit nicht los
im Drang der Schreibgeschäfte.

Im Herbst ist immer Schulbeginn.
Wer hat denn das erfunden?
Der Sommer und der Sohn dahin.
Was bleibt: geplante Stunden.

Die Katze spuckte und die Katze stöhnte.
War sie vergiftet oder schon zu alt?
Ganz sinnlos war's, dass er sie noch verwöhnte.
Ich sagte, glaub es mir, die stirbt dir bald.

Er sah mich an, als hätt ich was gestohlen.
Als wär auch ich ein Mörder von dem Tier.
Er bat, den Tierarzt herzuholen.
Der ordinierte aber nur bis vier.

Dann war's vorbei mit irgendeiner Katze.
Er riss sie hoch. Doch da war nichts mehr los.
Er sah des Todes liebste, kleinste Fratze,
doch war ihm auch schon dieser Tod zu gross.

Als wir begruben, hörte ich ihn denken,
was mir von jetzt an manchen Traum verdirbt.
Wie kann man Kindern irgendetwas schenken,
das – ohne Rücksicht – vor den Kindern stirbt.

Flugblatt statt Gedicht? Die Kugel, die ich jemandem an den Kopf werfe, fehlt mir beim Jonglieren.

Es gibt viel mehr Narren als Höfe.

Man sollte viel zurücklegen. Wegstrecken.

Je klüger ein Satz, desto grösser die Erleichterung, dass er nicht von mir ist.

Frauen wollen mit Worten beschrieben sein, die sie schon kennen, sonst misstrauen sie der Beschreibung.

Irrtum: keiner wird in dem Masse voll, in dem die Flasche leer wird.

Einer wollte geliebt sein und begründete das mit dem Wunsch, geliebt sein zu wollen.

Altkluge Kinder sind unangenehm. Unangenehmer sind jungkluge Greise.

»Er hat es für mich getan«, sagte gerührt die Mutter, als der Blumendieb den Gärtner erschoss.

Die Grossmutter nahm
als feststand, dass
auch Dönitz nicht siegen wird
unsere Hitlerfahnen
trennte das Hakenkreuz ab
zerschnitt alles zu Bahnen
gewann die Seitenteile
für die Rot-Weiss-Rote
opferte ein Friedensleintuch
für die Mitte
trat in die Nähmaschine
quälte sich und die Nadel
erzeugte auch den Hohlraum
für die einzuführende Stange
und als die Sieger kamen
hatten wir Hirschseifenweiss
zwischen geschossenem Rot
(darin die Kreisanschnitte
nicht so geschossen waren
weil bis jetzt abgedeckt
vom weissen Kreis)
und als das Schwarze
dann in den Ofen flog
da hatte ich begriffen:
es gibt keine Fahne
die die Grossmutter
nicht genäht hätte

Die Mutter sagte
dass ein Hofrat mehr ist
als ein Oberregierungsrat
ich aber habe
Blumen aufgezeichnet
das Gedicht aufgesagt
und war artig
die Mutter sagte
nur der darf singen
der schöner singt als andere
ich aber habe
den Tisch gedeckt
die Vase gefüllt
und gratuliert
die Mutter sagte
wer höflicher zu grüssen war
als ein Trainer
ich aber habe
onaniert
gelesen und
zugewartet

Als er mit zwanzig
in der Bar sang
im ersten Smoking
da wusste er:
das Mädchen dort
das kriegst du nur
wenn du unten sitzt
und mir anschaffen kannst
was ich singe.
Als er mit vierzig
in der Bar sass
im Seidenjackett
da wusste er
dieses Mädchen dort
das kriegst du nur
wenn du oben stehst
und das singen kannst
was ich bestelle

(von diesem Tag an
ging er nicht mehr
in die Bar)

Die Luft zittert
du gehst vor den Spiegel
das Lid zittert
du schaust auf die Hand
die Finger zittern
du hast die Idee
mit der Luft zu zittern
gleichauf
und dann fragst du dich
wenn du es gekonnt hast
was du tun wirst
wenn morgen
die Luft nicht mehr zittert

Die Möwen kommen wieder
schreiben ihre Figuren
wie ehedem
in die Brückenluft
kreisen
gleiten
und fallen
in die ätzende Scheisse
im Fluss

Das Lächerliche
an diesem Herbst
ist das Jährliche
wie auf Kommando
behauptet die Sonne
traurig zu sein
wird die Musik
aus des Nachbars Radio
die schwarze Kapelle
eines ironischen Friedhofs
wo ein Gebräunter
noch in der Badehose
in den Sand gebuddelt wird
bis er hin ist

Herr Polizist
der Stern dort
der gehört mir
er war einmal
mein Luftballon
ich habe ihn ausgelassen
mein Fehler, gut
aber ich wünsche nicht
dass ihn andere betrachten

Hinter jedem Schluck
den ich schlucke
rinnt Leben ab
hinter jedem Zug
den du ziehst
qualmt Abschied
komisch
ausgerechnet wir
geben uns vorzeitig auf

Der erste von uns
hatte den Tumor im Hirn
und man greift sich
öfter als nötig
an den Kopf
der Erste von uns
starb am Infarkt
und man meint
sie pfeifen zu hören
die Pumpe
doch man hebt auch
seinen Kopf hoch
denn man geht immerhin
und täglich weiter
in einen Hoheitsbereich

Manche Menschen glauben ihrer Jugend deshalb nahe zu sein, weil sie sich dauernd von ihr verabschieden.

Da war ich traurig: ich fand Verlorenes auf einmal wieder, nahm es in die Hand, und es war verloren.

Kurios: meine Angst vor dem alten Ende fasst immer wieder Mut zu neuem Beginn.

Seine Inkonsequenz ging bis zur Ehrlichkeit.

Seine Hinterlassenschaft bestand aus dem zu Vielen, das er sich vorgenommen hatte.

Nachwort über einen Karpfen

Möglicherweise werden nicht wenige Damen und Herren sagen: dem seine Sorgen möchte ich haben! – dennoch muss ich loswerden, dass ich mich möglicherweise von meinem Karpfen verabschieden muss.

Dieser Karpfen ist kein bestimmtes Tier, sondern ein alljährlich einmal konkretes Abstraktum: der Weihnachtskarpfen, der in Hufeisen geschnittene, so an die zwei Kilo wiegen sollende, panierte, von mir und meiner Familie am Abend des 24. Dezember zu verzehrende Fisch. Traditionen mögen unsinnig sein, zweckentfremdet, ja sogar zu einer grossen Lüge umfunktioniert, aber wenn man mit ihnen aufgewachsen ist und sie irgendwie liebt, dann finden sich immer Interpretationen, um sie vor der Ratio zu schützen. Lange Jahre, bis in die Gegenwart, rann mir immer das Wasser im Mund zusammen, wenn ich auf einer Speisekarte eines halbwegs vertrauenerweckenden gastronomischen Betriebes das Angebot „Karpfen geb." oder ausgeschrieben: „gebacken" fand. Aber nie gab ich der Verlockung nach. Vom 26. Dezember an, an dem ich meist das letzte kalte Stück zwischen den Mahlzeiten, irgendwo stehend und im Falle der Ertappung masslos beschämt verzehrte, freute ich mich auf den 24. Dezember des nächsten Jahres, auf den Karpfen.

Wenn einem kein christlicher Inhalt des Festes anerzogen und mitgegeben wurde, wenn einem die Silbe Christ- in angestrengtem Zurückerinnern nichts bedeutet, als dass sie zu jenem -kind gehörte, dem man zutrauen sollte, in lieblichster Aufmachung durch die Winternacht zu fliegen und Briefe aus dem Fenster abzuholen, wenn es dem später Erwachsenen nicht möglich ist, das, was er heute christlich zu nennen bereit ist, auch nur irgendwie mit diesem 24. Dezember in Verbindung zu bringen, dann muss sich dieser Erwachsene doch die Frage stellen: warum er das Fest feiert. Meine Antwort ist: Ich liebe das Ritual. Die zielgerichtete Vorfreude auf brennende Kerzen, die man während des Jahres gelegentlich in Abendrestaurants sieht, aber nie an einem Nadelbaum, das Anziehen des dunklen Anzuges, den man des öfteren anzieht, aber nie nur für die Familie, das Reproduzieren einer Stimmung, die auch im Elternhaus aufgrund stillschweigender Übereinkünfte immer Familienfrieden bedeutete. Das Schenken mag ich an anderen Tagen mindestens so gern wie am 24. Dezember, das Beschenktwerden mag ich an anderen Tagen sogar entschieden mehr. Dieser Weihnachtsbazar, der von der Raffgier der Nachkriegszeit, dann vom Prestige- und Statusdenken und immer vom Gelobt- und Gefeiertseinwollen bestimmt war, war mir alljährlich zuwider, wenngleich ich lange gebraucht habe, mir das bewusst zu machen.

Kernstück dieses Rituals war der Karpfen. Er vereinte alles, was ich an diesem Ritual liebte. Die Ausnahme, das zielgerichtete Beschaffen, also das die ganze Familie – im guten Sinn des Wortes – Beschenken, der Stil des Service, die Frau in der Küche – erst die Grossmutter, dann die Mutter – die immer zu spät zum Tisch kam, immer reichlich abgehetzt, die Schürze immer erst vor dem Publikum ablegend, immer den Verdacht äussernd, der Karpfen wäre wohl heuer nicht so besonders gut geraten, meinen ekstatischen Widerspruch mit Freude zur Kenntnis nehmend. Wenn ich die Stunden in

meinem Leben zusammenzähle, in denen ich bereit war, die Menschen zu lieben, dann haben die einen hochperzentigen Anteil, in denen ich gebackenen Karpfen ass. (Warum soll man so etwas nicht aussprechen, wenn es stimmt.)
Es ist mir heute klar, dass mein Antrieb, meine Frau zu heiraten, stark gewesen sein muss, denn ich wusste von ihr, dass sie wohl Paniertes nicht sehr schätzt, als auch Fisch grundsätzlich nicht mag. Aber Formgefühl ist eine vorübergehender Geschmacksbildung übergeordnete Grösse. Ich hatte die Qualität eines Rituals anzubieten und wurde durch dessen Annahme durch den Partner – ja: hier gehört das Wort her – beschenkt. Der Weihnachtskarpfen wurde erarbeitet, bewältigt, akzeptiert und schliesslich geliebt. Und mit ihm wurde das Weihnachtsfest – für mich – prolongiert.
Wenn Erinnerungsvermögen und Urteilskraft des Gaumens überdurchschnittlich gross sind, dann weiss man, wenn man zum Beispiel heute eine Hühnerbrust isst, wie eine Hühnerbrust geschmeckt hat, als die Hühner noch assen, was die Natur als Hühnerfutter vorsah und nicht, was Lebensmittelgangster von ihren Laboranten in Dunkelkammern injizieren lassen, dann weiss man, wenn der wässrig-faserige Kalbsbraten vor einem liegt, wie Kalbfleisch aussah, als es dem Kalb noch gestattet war, auch einmal einen Schnupfen zu bekommen. Der gleiche Verlust gilt seit Jahren natürlich auch für den Karpfen. In meinem Elternhaus, da war es so, dass man alljährlich sogar bei einem Händler aus einem anderen Bundesland bestellte. Den Ursprung der Fische, die einer für ein Poststück ungewöhnlich riechenden Pappschachtel entnommen wurden, war dem Vater bekannt. Er kannte den Teich und er kannte den Fischer – damals hatte

der Fisch tatsächlich noch etwas mit dem Handwerk Fischen zu tun.
Wer in der Stadt lebt und genug Sorgen und Besorgungen hat, der kann nicht – und so war es jahrelang – sich auch noch um die Adresse eines Fischers bemühen, über dessen Fische Gutachten einholen, den Ursprung klarstellen, gar noch mit dem Auto auf vereisten Dezemberstrassen den Karpfen irgendwo vom Lande her heimholen. Damit möchte ich dem Vorwurf vorbeugen, mir wäre mein Karpfen nicht genug persönliches Opfer wert gewesen. Nein, alles hat seine Grenzen, auch die Privilegien.
Man bemüht sich bei Ärzten, nicht den normalen Kassenweg gehen zu müssen, man lässt sich von der Frau des reichen Freundes den Ausweis für das Grosshandelslager geben, um vieles viel billiger kaufen zu können, als der ärmste Teufel im Lande es kann, man bezieht den Wein, den der Händler selbst trinkt, weil ihm seine Gesundheit etwas wert ist, man tut einiges, um sich in der verrotteten Konsumwelt besser zurechtzufinden, als das hilflose Heer der Ungebildeten, die wirklich glauben, in einer Leberstreichwurst wäre Leber.
Aber mir widerstrebte es, beim Karpfen eine Extratour zu reiten. Ich wollte solidarisch sein mit allen anderen Karpfenessern, ich wollte an diesem Abend, den man den Heiligen nennt, immer das Gefühl haben, meine Freude zwar keineswegs zu teilen, aber doch anderwärts genauso vorhanden zu wissen. Meine Frau kaufte den Weihnachtskarpfen daher im Fischgeschäft am Platz. Wohl immer unter entsetzlichen Drohungen, wie sehr man den Händler verfluchen würde, hätte der Karpfen nicht genau das angegebene Gewicht und dieses spezielle Verhältnis von viel festem Fleisch und wenig

bläulichem Fett. Von derartiger Entschiedenheit war der Händler offenbar wirklich beeindruckt, der Karpfen war immer – ganz genau gesagt: – anständig. Hervorragend zubereitet und in der Eigenqualität anständig. Von der Geschmacksintensität des Karpfens meiner Kindertage hatten sich durch die neuen Zuchtmethoden etwa fünfzehn Perzent verflüchtigt. Das ist – gemessen an Huhn und Kalb – ein noch gutes Ergebnis.
Ungefähr heute vor zwei Jahren geschah aber folgendes: Unser Kaufmann, ein freundlicher, kluger und dankbarer Mann, rief an und teilte meiner Frau mit, er hätte von einem, in dem als relativ rein bekannten See fischenden Fischer ein Karpfenaviso erhalten und da sofort an uns gedacht. Die Reservierung war sogleich perfekt, der Fischer lieferte tatsächlich einen frischen Fisch, aus dem See geangelt, der Fisch wurde zubereitet und – man mag mich jetzt ruhig hysterisch nennen – als ich von ihm am 24. ass, da war's, als ob die Zeit stehengeblieben, die Welt heil und ich darin geborgen wäre. Da sagte ich mir, warum soll ich auf dieses Gefühl verzichten? Warum soll ich mich mit dem Karpfen des Fischhändlers abfinden! Der Fischer wird doch wohl auch im nächsten Jahr wieder etwas fangen.
Das Jahr verging. Als es zum 24. Dezember hin alt wurde, fragte meine Frau den Kaufmann nach den Leistungen des Fischers. Der Kaufmann hatte Zweifel, ob dieser Fischer heuer noch etwas an den Detailhandel liefern werde. Wir hofften, aber vergeblich. Die Absage kam am 23. Meine Frau ging in das Fischgeschäft und erstand den Karpfen, wie er für jedermann gehandelt wird. Als ich den ersten Bissen ass, graute mir namenlos. Ich untersuchte das Tier

sofort. Tier?, das war zu hoch gegriffen. Es war eine Kreatur. Da hatte sich kein Fischfleisch mehr gebildet, da waren ganze Knöpfe, Klümpchen, wie Gips aus Fischmehl, da war nichts Organisches mehr – Wissenschaftler würden es anders sagen – ich sage: der Fisch war zu Lebzeiten schon Aas. In den letzten zwei Jahren musste der Fischhändler seine Zucht wohl nach den neuesten Erkenntnissen der Rationalisierung und Gewinnspannenvermehrung umgestellt haben. Und da fiel mir plötzlich ein, dass ich seinen Teich ja kannte, dass ich einmal bei einem Ausflug vorbeigekommen war, dass ich sogar eine Fütterung gesehen hatte, da fiel es mir wieder ein.

Nein, Teich war das keiner. Das war ein flacher viereckiger Tümpel, dessen Grund man nicht sah, weil ihn die karpfenartigen Wesen völlig bedeckten, die so gut wie nebeneinander standen, denn zum Schwimmen hatten sie keinen Platz. Fast bewegungslos glotzte dieser widerliche Haufen von Verkaufsgewicht vor sich hin, ohne wirklich zu leben. Dann kam ein alter Mann und warf – ohne Überzeugung – den Wesen Futter hin, das waren bräunliche, industriell portionierte Teilchen einer wohl endlosen Wurst, wie sie aus einer Faschiermaschine kommt. Ich ersuchte den Mann, mir so ein Futter zu zeigen, ich tat freundlich interessiert, er gab mir gelassen etwas in die Hand, es war nichts, es roch nach nichts, es griff sich an wie Gips aus Fischmehl, Aas und Verdautem, und als ich diese Klümpchen im Karpfen vor mir sah, da wußte ich, das ist das Werk dieses Futters – mein Festmahl war zu Ende. Aber nicht nur das Festmahl. Die ganze Illusion. So ein Erlebnis setzt nun einmal den für diesen Abend abgestellten Denkapparat in Gang.

Plötzlich weiss man wieder, wie unverschämt teuer dieser Baum war. Plötzlich weiss man wieder, wieviel Bäume mehr umgehauen werden, als die Behörde mit gutem Grund bewilligen kann. Plötzlich sieht man, dass das Kind mindestens ein Geschenk zu viel erhalten hat, obwohl drei Liebesgaben den Empfänger dank väterlichen Einspruches gar nicht erst erreicht haben. Plötzlich fällt einem bei einem schönen Präsent ein, dass ein Freund behauptet hat, er könnte auf derlei Artikel bis zu 40% ermöglichen. Plötzlich erinnert man sich angesichts des Bockbieres an die elende Qualität des normalen Bieres, das zum Einkauf von teurer Exportqualität zwingt. Plötzlich wird einem bewusst, dass man in drei Tagen eineinhalb bis zwei Kilo mehr wiegen wird.
Und plötzlich wird die gestaute Wut frei, wenn man das Wort vom Weihnachtsfrieden sieht, hört oder wiederkäut. Da gibt es doch auch heuer wieder diesen Missbrauch des Wortes Frieden für Waffenruhe, da wird eine Botschaft aufgrund einer Konvention einige Tage so befolgt, als ob man sie gehört hätte, um sie danach nach Programm zu vergessen.
So ist es: Eine Illusion, die an eine sorgsame Abfolge gut funktionierender Gewohnheiten gebunden ist, ist dahin, wenn ein Glied der Kette ausfällt.
„Papa, wie viele Tage ist es noch bis Weihnachten“, will mein Sohn wissen. Ich komme um das Fest nicht herum. So habe ich Freunde gefragt, ob sie nicht einen Fischer kennen. Sie kennen einen, der liefert zwar nicht privat, aber hintenherum, auf Empfehlung – und so irgendwie – nein, man wird mich nicht hängen lassen.
Wenn sie mich hängen lassen, dann kann ich mitspielen, feiern nicht mehr. Wenn sie mir

einen Karpfen beschaffen, der mich nur irgendwie an den vom letzten Jahr erinnert, werde ich erbrechen und nie mehr in meinem Leben das Wort auch nur aussprechen. Dann nähme ich Abschied vom Karpfen und dem Fest, in dessen Mitte er sich befand. Dann kann nur noch mein Kind Weihnachten retten, wenn es für sich etwas erfindet, was mir der Karpfen war.